Tu es trop petit !

Texte de Shen Roddie
Illustré par Steve Lavis

Traduction
d'Emmanuelle Pingault

MILAN
jeunesse

Un beau matin, Pip fut réveillé
par un rayon de soleil
qui lui chatouillait le museau.
Tout frétillant, il regarda
par la fenêtre et remarqua
de sa petite voix flûtée :
– Mes amis sont au travail !
Je vais aller les aider.

Pour Mélanie, affectueusement
S. R.

Pour Hannah, affectueusement
S. L.

Première édition © 2004 Little Tiger Press,
un département de Magi Publications, Londres
sous le titre *You're Too Small!*
© 2004 Shen Roddie pour le texte
© 2004 Steve Lavis pour les illustrations

Pour l'édition française : © 2004 Éditions MILAN – 300, rue Léon-Joulin, 31101 Toulouse Cedex 9 – France
Dépôt légal : 1er trimestre 2004
ISBN : 2.7459.1315.8
Imprimé en Belgique

Le cochon avait déjà récolté
quelques belles courges.
– Je vais t'aider, dit Pip.
– Ce ne serait pas prudent, répondit
le cochon. Tu es trop petit,
tu finirais écrasé au fond de la brouette.

Un peu plus loin, la chèvre
retournait le foin.
– Je peux t'aider ? demanda Pip.
– Non merci, répondit la chèvre.
Tu es trop petit, tu disparaîtrais
sous les meules.

Pip s'éloigna d'un pas vif
et rencontra la vache.
Elle peignait le mur.

– Attends, je vais t'aider ! annonça Pip.
– Ça m'étonnerait, répliqua la vache.
Tu es bien trop petit pour soulever
un pinceau.

– Bon, conclut Pip,
puisque je suis trop petit
pour aider tout le monde,
je n'ai plus qu'à aller jouer !
Il trottina jusqu'au sommet
de la colline, où il rejoignit
le lapin qui faisait danser
son cerf-volant entre les nuages.
– Je peux essayer ? demanda-t-il.
– Non, dit le lapin. Tu es
trop petit, tu t'envolerais !

Pip se regarda un moment.
Il contempla la large paume
de ses pattes, son bedon bien rond
et son interminable queue de souris.
« Je ne suis pas si petit que ça !
songea-t-il. Je suis juste comme
il faut ! Je vais demander à l'oie
son avis. Je suis sûr qu'elle ne me
trouvera pas trop petit, elle. »
Mais l'oie lui répondit
par une autre question :
– Trop petit pour quoi ?
– Eh bien, je ne sais pas, dit Pip.
Je ne suis peut-être pas trop petit
pour couver tes œufs. Après tout,
tu n'es pas si grande, toi !

L'oie inspira profondément.
Puis elle se leva… déplia
ses pattes… et se dressa
bien haut, bien droite.
– Pip… dit-elle en se penchant
vers lui. Je serais ravie
que tu tiennes mes œufs au chaud,
mais tu ne pourrais même pas
les recouvrir ! Tu es trop petit,
voilà tout !

– Eh bien, soupira Pip. Je n'ai plus qu'à retourner me coucher.
Demain, je mesurerai peut-être quelques centimètres de plus, qui sait ?
D'un pas lourd, il retourna vers la grange où il logeait avec ses amis.
Mais, lorsqu'il arriva devant la porte…

… il vit tous ses compagnons désemparés : ils étaient coincés sur le perron.

– Quand le cochon est sorti pour nous annoncer que le repas était prêt, la porte s'est refermée derrière lui. Nous voilà donc enfermés dehors ! expliqua le lapin.

– Et en plus, on a faim ! ajouta l'oie.

– Je vais arranger ça, dit Pip.

– Qu'est-ce que tu vas bien pouvoir faire ? demandèrent les autres animaux. Tu es trop petit !

– Pas besoin d'être grand pour vous aider, rétorqua Pip.

Et il se glissa…

… à travers un petit trou dans le mur.
– Parfois, il est utile d'être tout menu !
cria-t-il de l'intérieur.
Ses amis lui répondirent
en poussant des cris de joie :
– Bravo ! Pip, Pip, Pip, hourra !
Mais, puisque le dîner était déjà servi…

… Pip en profita pour sauter sur la table.
– En tout cas, je ne suis pas trop petit
pour m'attaquer à ceci…
Et il se jeta sur le plus gros,
le plus croustillant, le plus copieux
des pâtés en croûte !

Après quoi, il alla ouvrir la porte
à ses amis affamés.
– Merci, Pip ! s'écrièrent-ils
d'une seule voix.
Tu as juste la taille qu'il faut.
Pip leur adressa un sourire
de souris rassasiée.
Mais tout ce qu'il arriva à dire,
ce fut…

BEURP !

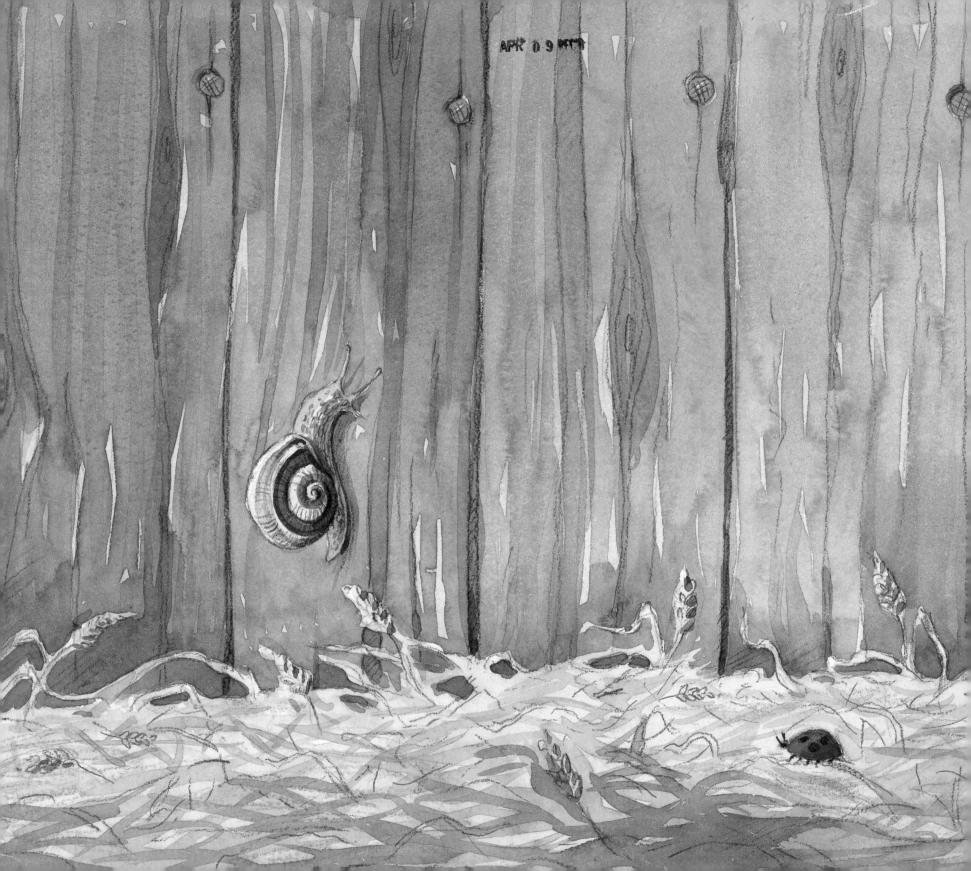